이별에 살다

정다이 감성 에세이

Magic House
마법의책공장

이 별에 살다

초판 1쇄 인쇄 2016년 7월 18일
초판 1쇄 발행 2016년 7월 25일

지 은 이 정다이
디 자 인 김민성
펴 낸 이 백승대
펴 낸 곳 매직하우스

출판등록 2007년 9월 27일 제313-2007-000193
주   소 서울시 마포구 월드컵북로 260, 33동 305호(성산동, 시영아파트)
전   화 02) 323-8921
팩   스 02) 323-8920
이 메 일 magicsina@naver.com
I S B N 978-89-93342-52-9

책값은 표지 뒤쪽에 있습니다.
파본은 본사와 구입하신 서점에서 교환해드립니다.

이별에 살다

목차

제1장 이 별에 살다

제2장 만약 숨을 천천히 쉰다면
시간이 느려지겠지

제3장 아픈 줄도 모르고
추억을 난도질하며

제4장 사랑은 우리가 했는데
이별은 나 혼자 하네

제5장 이별에 살다

Prologue

우리는 저마다의 가슴 속에

별 하나씩 안고 살아요.

그 별에서

사랑을 하고 이별을 하고

평생 누군가를 그리워하는 일

누구나 평생 가슴에 안고 사는

이별 하나쯤 가지고 있잖아요

제1장

이 별에 살다

시작

철썩철썩

파도 소리가 가슴을 치듯

귓가에 부서진다.

저 파도가 얼마나 많은

모래성들을 쓸어갔을까?

모래성을 쌓기 위한 수많은 노력들이

눈앞에서 사라진다.

나의 모든 것도

그렇게 쓸려갔으면 하고,

파도는 모래사장에 남은

모든 노력들을 쓸어가지만

새로운 모래들을 가져다준다.

어느 부분을 고쳐야할지 몰라

행여나 무너질까

손도 대지 못한 채 있는가, 그대.

그렇다면 차라리 쓸려 보내라.

주저하지 말고

파도에 실어

미련까지도 멀리멀리 보내라.

그렇게 마음을 비운 당신에게

파도는

'시작'이라는 새로운 모래를 가져다준다.

'다시'라는 희망과 함께.

희망이라는 절망

판도라의 상자에서
마지막으로 희망이 남아있었던 이유는
희망은
가장 큰 절망이 될 수 있기 때문일지도 모른다.
기대가 클수록 실망도 큰 법이니까.

하지만,
절망이 두려워 희망조차 가질 수 없는 것일까.

어쩌면 너무나 당연한 사실일지도 모른다.
너무나 당연해서 당연한 사실을 생각하고,
다시 처음처럼 생각을 해 보고,
다시 생각을 하고,
마치 뫼비우스의 띠를 걷는 것처럼.

무언가를 간절하게 바랄 때, 우리는

절대 바뀌지 않을 거란 사실을 모르는 게 아니다.

하지만,

그렇다고 해서 희망을 포기할 순 없지 않은가.

희망이 절망으로 변할지도 모른다고

먼저 겁먹고 마음 졸이기엔

당연한 사실이라고 인정해버리기엔

여태껏 해온 노력들을

'당연한'이란 단어에 묻어버리기엔

너무 안타깝지 않은가.

마음

마음을 주고받는다는 것은

주지 않는다고 줄 수 없는 것이 아니고

받지 않는다고 받을 수 없는 것이 아니다.

한 사람을 만나고 알아가면서

주지 않아도 주게 되고

받지 않아도 받게 되는 어쩔 수 없는 것.

그게 마음이다.

주지 않았다고 믿었던 마음,
받지 않은 줄만 알았던 마음도

모두 내 것이 아니라고
눈 돌렸던 무책임한 시간들.

내 마음이 괜찮기 때문에
당연히 여겼던 그 시간들에 대한
대가일 것이다.

방어기제라는 그럴듯한 명분과
상처받기 싫다는 이유로
나는 왜 남에게 상처를 줬는가
너무나 쉽게.

상대방의 마음에 대한 책임을 왜 졌는가

상대가 내게 준 마음은

그렇게 산산이 부서졌는데

왜 상처받을 거라

아플 거라 생각한 적이 없던가.

내가 아프지 않았던 건

상대가 내 마음에 대한 책임을

다하고 있기 때문이었다는 사실을

난 전혀 알지 못했다.

상대가 내 마음을 놓아버리기 전까지

그렇게 깨져버린 마음에

다시 상처를 받게 되었을 때 진정 깨달았다.

이딴 방어막은 필요조차 없다는 것을

마음은 내 마음대로 할 수 없다는 사실.

마음은 내 뜻대로 움직여주지 않는다.

마음이 가는대로 내가 움직여야 한다.

진심을 말해

무슨 말을 해야 할지 모르겠는 때,

그럴 때가 있다.

그럴 때면 난 늘 진심을 말한다.

상대가

"무슨 말을 해야 할지 모르겠어"라고 할 때,

"그럼 진심을 말해"라고 말한다.

난 진심에 약하다.

진심에 무너진다.

마음을 바라보다

마음을 모르겠을 때,
모든 것에 답이 있다.

그 답은 사실
내가 미처 보지 못한 내 마음이다.

모든 것은 내 마음에 따라
다르게 보이고 느껴지는 것이다.

길가에 꽃 한 송이를 지나치지 말고
가만히 바라보라,

미처 보지 못한 나의 마음이 보일 것이다.

마음의 강

늘 흐르는 듯 흐르지 않는

마음을 가지고 있습니다.

하지만 한 번씩 예기치 않은 큰 파도가 칠 때마다

나는 생각합니다.

어른들이 말하는 풍파를 겪어내기 위해선

내 마음에 얼마나 더 큰 강이 흘러야만 하는가.

상처

아물지 않은 상처로 인한 방어기제.

아물지 않은 상처는 아프다.

사람에게 마음을 다쳤을 땐,

꼭 사람이 곁에 있어야 한다.

그래야 치유가 되니까.

마음을 다쳤을 때,

곁에 사람이 없으면 상처가 되니까.

사람에게 받은 상처는

꼭 사람으로 치유 되어야만 한다.

별 거

나에겐 별 거 아니라고 생각했던 것이
상대에겐 별 거인 경우가 있고
나에겐 별 거라고 생각했던 것이
상대에겐 별 거 아닌 경우가 있다

그 사실을 모르고 넘어가면 다행인데
나에게 별 거가 상대에게 별 거가 아닌란
사실을 알았을 때,

우리는 상처 받는다.

굳이

굳이 안 해도 될 말들.

이를테면

너는 애가 왜 그러니

너는 그게 문제야

그건 네가 이상한 거야

그런 말들은 우리를

구태여 괜찮은 척 하게 만든다.

해야 하는데 굳이 안하는 말들

내가 오해했어.

내가 잘 몰랐어.

그땐 내가 미안했어.

우리는 다른 사람의 상처보다

내 알량한 자존심을 지키며 살아간다.

그게 훨씬 쉬우니까.

어느 날 밤

어느 날 밤.

관계가 틀어져버린 선배를 만났다.

작은 맥주 가게에서

마시지도 못하는 술을 마시면서까지

내가 그 선배를 만났던 건,

아마 눈치가 없어서였다.

눈치가 없어서

관계가 틀어지고 있는지도 알지 못했고,

관계가 완전히 틀어지고 나서도

나는 알지 못했다.

내가 눈치를 챘을 땐,

나도 모르게 꽤나 의지를 했던 모양인지

내가 눈치를 챌 정도로

내 마음이 많이 상해있었다.

남들보다 한 발 느린 건지,

남들보다 한참 무딘 건지…

나 자신을 자책하다

그 선배를 만난 나는

선배에게 후회한다는 말을 이렇게 했다.

"전엔 나에게 너무 많은 걸 바란다고 생각했어."

"그땐 차라리 너에게 애정이 있었으니까."

'내가 눈치 채지 못한 것이 또 있었구나.'

나는 아무 말도 하지 못했고,
집으로 돌아갔다.

누군가에게 길들여진다는 것은
눈물을 흘릴 일이 생긴다는 것인지도 모른다는
어린왕자의 말처럼,

자꾸만 눈이 시려워 혼이 났던 밤.

고 요

관계에 무심했던 사람과

관계를 놓아버린 사람 사이의 대화.

상처받고 싶지 않았어, 어린 변명과

그래서 나는 상처받았어, 여린 대답.

그렇게 한참이란 시간 동안 고요가 흘렀다.

서운함

서운함은 바랄 수밖에 없는 사이에서
느끼게 되는 어쩔 수 없는 감정이다.
어쩔 수 없다라고 받아들이면서
느끼게 되는 속상함.

애정과 믿음을 가졌던 만큼의 실망감.
우리는 모든 걸 알 수 없으면서도 이해하려 한다.

다만, 조금 슬플 뿐이다.

처음

처음을 생각하면 무척이나 조심스러웠고

위태로운 행복에도 마냥 감사했고

하나밖에 보이지 않았고

마음이 가는대로 끌려 다니기 바빠

머리는 멈춰버리고

그 행복의 끝은 생각하지 않아

본능적으로 감정에 충실했는데

시간이 지나면서 당연시 여기게 되고

나만 보게 되고 자꾸 계산을 하게 되고

이 순간의 과거형들을 잊게 되지

마치 지금 이 순간이 처음인 것처럼

언제나, 언제나

언제나.

어린감

어릴 땐 어떤 말도 귀에 들어오지 않았어요.

의지와 열정.

무엇이든 다 해낼 수 있을 것 같은 패기.

그리고 내 자신에 대한 믿음뿐이었죠.

아직 어리니까 좀 더 믿어 보려고요.

너무 자신만만한 거 아니냐고 할 수도 있겠죠.

그럴 지도요.

하지만

내 자신에 대한 자신이 아니라

후회하지 않을 자신이에요.

이 믿음에 대한 대가가 무엇이든지 간에

후회하지 않을 자신이 있거든요.

중학교 1학년 때 썼던 글이다.

이제와 읽어보니
저 글을 진지하게 썼을 14살 소녀가 귀여워서
웃음이 나다가 사뭇 부러워진다.

저렇게 자신에게 확신에 가득 찰 수 있다니

자신감.

지금 내가 가질 수 있는 자신감으로는
감히 비교될 수 없는 마음이다.
아직 세상에 나가보지 않은
14살 소녀만이 가질 수 있는 마음.
어린감이랄까.

부럽다. 어린감.

열정과 욕심

욕심을 열정이라 핑계 대며

한 없이 감싸는 건 아닌지

"욕심도 열정이야."

이 열정이 욕심은 아닐까요?

청춘

엔딩을 볼 용기가 없는 것이 아니라

어떤 결과가 오더라도

엔딩을 보고 싶을 만큼 절실하지 않은 것.

절실함이 없다는 것은 청춘에 대한 모독,

특히나 '꿈'에 절실하지 않은 청춘은

진정한 청춘이라 할 수 없다.

적어도 한번쯤은,

절실하게 매달려봐야 하지 않겠는가.

버스 안에서

23살, 고향에서 설을 보내고
서울로 올라가는 버스 안이었다.
자리가 없기도 했지만,
밤차를 타는 것을 좋아하는 나는
밤 아홉시 차를 타고 올라갔다.

고요한 밤, 음악과 함께
창밖을 보며 가는 것이
난 참 좋다.

깜깜한 밤에 창밖을 본다한들
깜깜하기만 할 뿐 아니겠냐고 생각하는
사람들이 있겠지만
난 그 깜깜함을 좋아한다.
깜깜함 속의 작은 불빛들을 좋아한다.

어두운 도시를 밝히는 작은 불빛들이

내가 밤차를 좋아하는 이유다.

꼭 친근하게 느껴지기 때문이다.

길동무가 되어주듯

어두움을 밝혀

강을 보여주고 들판을 보여주고

빛을 밝혀 내 마음을 보여주고

나에게 아직 눈감지 말라 말을 건다.

지친 내 마음을 알아주는 것처럼

할 수 있다고 힘을 주는 것처럼

자꾸만 내 마음을 밝혀준다.

광주에서 서울까지

전라도 광주가 고향인 나는
광주를 내려가게 되면
이동수단으로 고속버스를 타고 갔다.
비행기나 KTX도 있지만
나는 버스가 제일 좋았다.

버스터미널이 집이랑 가깝기도 했지만
무엇보다 차를 타고 가면서
창밖의 풍경을 보며 음악을 듣는 것이
참으로 좋았기 때문이다.

그렇게 3시간 반을 걸려
광주 집을 가게 되면
올라올 때 은근 서운해진다.

가족들은 잘 모르겠지만

나는 집을 나서며 괜히 쓸쓸해진다.

그러다 한 번은

광주에서 서울을 와야 하는데

표가 안 나온 적이 있었다.

터미널 직원에서 문의를 했더니

서울에서 광주를 가는 표를 끊었단다.

그때의 황당함은 아직도 잊을 수가 없다.

벙찐 그 순간,

나는 엄마에게 전화를 걸었다.

엄마에게 상황을 설명하자

엄마는 바보라며 집으로 오라고 했고

그 말에 나는 이제 막 광주에 도착한 사람처럼

은근히 마음이 설레였다.

집으로 오라는 엄마의 목소리에

반가움이 묻어 있었기 때문이다.

지금도 나는 버스표를 예매하게 될 때면

괜히 긴장 하곤 한다.

혹시나 잘못 예매하진 않았을까

몇 번이나 확인을 한다.

은근한 설레임과 함께.

부모님

나 하나를 웃게 하기 위해

아침부터 저녁까지

날이 새도록

무슨 짓이라도 하는 사람들이 있었다.

"네가 웃으면 세상을 다 가진 것 같았다"라고

말하는 그 사람들에게

세상의 슬픔, 아픔, 눈물은

그들만의 비밀이었다.

날 웃게 하기 위해

한 평생 나를 대신해 우셨던

나의 부모님, 사랑합니다.

산타

나는 크리스마스에 대한 특별한 환상이 있다.

이 나이 먹고도 크리스마스가 특별한 이유는
열 살이 되던 해, 크리스마스 날.
나는 산타를 만났기 때문이다.

열 살의 크리스마스 날,
설렘으로 일찍 떠진 눈을 비비고
방에서 나온
열 살짜리 소녀는 눈이 휘둥그레졌다.

크리스마스 장식들로 꾸며진 거실의 풍경.
아빠 키만한 트리와 반짝이는 전구들,
알록달록 벽과 천장에 장식들.

눈앞에 펼쳐진 환상의 그 순간을 잊지 못한다.

의자를 밟고 올라가
천장에 아직 장식을 붙이고 계시던
부모님의 모습까지.

현장을 목격한 나에게 부모님은
간밤에 산타 할아버지가 다녀가셨다며
하얀 거짓말로 둘러 대셨다.

지금 생각해보면,
나보다 놀란 사람은
나의 부모님이셨을 것이란
생각이 들어 웃음 짓게 된다.

재밌는 사실은

내가 현장을 목격하고도

부모님의 말을 철석같이 믿었다는 것이다.

오히려 그 이후로

나는 나이를 꽤 먹을 때까지

산타 할아버지를 맹신하게 되었다.

아마 하루 만에 이렇게 집이 바뀔 수 있다는 게

그 당시 나에겐

사람이 할 수 없는

마법 같은 일이라고 생각됐던 것 같다.

산타 할아버지의 마법을 겪은 덕분에

나는 학교에서 주운 30원을

경찰서에 가져가 주인을 찾아달라고 할 정도로

착한 일을 서슴지 않는 아이로 자랄 수 있었다.

지금은 아무도 나에게

산타를 믿느냐는 질문을 하지 않는

나이가 되었지만,

나의 대답은 정해져있다.

나는 산타를 믿는다.

그리고 그 산타는 나의 부모님이다.

제2장

만약 숨을 천천히 쉰다면
시간이 느려지겠지

우리 사랑이라 말하던 날

우리 사랑이라 말하던 날

나 이 석양을 잊을 수 있을까

시간이 흐른 뒤 잊게 된다면

내가 참 싫고 싫어질 거야.

눈을 깜박이는 것만으로도

시간이란 필름 속에

우리의 영화를 찍어내듯,

그렇게 다 담고 싶어서

눈물이 차오를 때까지 바라보다

깜박, 너를 보다 깜박,

시간이 느리게 흘렀으면 좋겠다고

만약 숨을 천천히 쉰다면

시간이 느려지겠지

숨

모든 게 다 멈췄으면 좋겠어.

그러면 우린 이렇게 평생 함께 있겠지.

만약 숨을 천천히 쉰다면

시간이 느려지겠지.

사랑이라는 마음

내가 가장 좋아하는 음식을
함께 먹고 싶은 사람.
내가 가장 좋아하는 영화를
함께 보고 싶은 사람.

애틋하면서도 아련하고 설레는
이 마음.

내가 중요하게 여겨왔던 것들이
당신 앞에선
아무 것도 아닌 게 되는

눈앞에 있는 당신의 한 순간도
놓치고 싶지 않은
이 마음.

마냥 좋은,

이 마음.

사랑이라는 마음.

이별이란 말

이별이라는 말이 없는 나라로 가요

우리

그런 나라가 없다면

국어사전을 바꿀게요.

그대라는 이름

그대의 이름만으로
내 기분이 달라져요.
그대의 웃음소리만으로
내 가슴이 뛰어요.

그대의 말 한마디에
자꾸만 기대를 하고
그대의 행동 하나에
내 마음이 요동쳐요.

이성친구

마지막으로

너에게

내 마음을 걸고

기대를 해본다.

우정이라 불렀던 시간 동안

나는 너에게 어떤 의미였는지

너는 나에게 진짜 친구였는지

마지막으로

너에게

내 진심을 걸고
확인을 해본다.

내 마음이
실망을 한대도
설레어 한대도

물음표를 마침표로 찍은
우정이라는 시간은 사라지겠지.

그리고 우린 새로운 시작을 할 수 있을까.

너라서

나는 너만 있으면 돼.

내가 널 고민하면서 내가 널 사랑한 이유.

'왜냐 하면'을 생각해 본 적이 있었어.

그런데 생각이 나질 않더라.

내가 널 사랑 안 할 이유를 생각해 봤어

되게 많더라.

그리고 깨달았어.

그럼에도 불구하고 사랑하는 이유

너라서

다짐

불안하게하고 믿음을 주지 못해서 미안해요.

절대 외롭게 두지 않을게요.

나 자신 있어요.

당신 입에서 행복하단 말 나오게 할 자신.

내가 당신을 책임질게요.

좋은 것만 줄게요.

이 마음 변치 않을 자신 있어요.

당신은 아마 모를 거예요.

나밖에 모르던 내가 얼마나 달라졌는지.

당신이 마음에 들어

내 꿈에,

내 욕심에,

내 미래에 당신이 있어요.

지금처럼 내 옆에 있어요.

모든 걸 줄게요.

행복은 덤이에요.

내 사랑 속에 살게 할게요.

어린 사랑

그래요 난 어리고 어리석습니다.

어린 사랑이 뭐가 어떤가요.

어른 사랑은 뭐가 다른가요.

머리로 계산기 두드리고

마음을 저울질하고

그게 어른스러운 사랑인가요.

물불 안 가리고 앞 뒤 안 가리고

오로지 당신만 보이는 사랑이

어린 사랑이고 어리석은 사랑인가요.

물색없지만,

어리석게 당신을 사랑하고 싶습니다.

어리고 어리석은 사랑을 하고 싶습니다.

마음이 휘청인다

몰라서 물었던 게 아니라
알기에 물었던 것들이

내 마음을 휘청거리게 한다.

가령, 나를 사랑하냐는 질문,
또는 나를 사랑하긴 하냐는 질문.

모든 것은 결국 마음 때문이었다는 생각.

확인받고 싶은 이기적인 마음에
마음이 휘청인다.

변수

세상을 살아가면서
여러 경우의 수들을 접하다보니
나이를 먹을수록 수에 밝아진다.

나만의 범위와 기준 값이 생기는 것이다.
그럼에도 불구하고 살다 보면 변수가 많다.

변수가 생긴다는 것은
아직도 세상을 모른다는 것이고
마음이 요동치는 일이다.

나이를 먹다 보니

작은 것들이 더 소중하게 느껴지고

이런 일상의 소중함을 알게 되었다.

나에게 큰 영향을 끼치는 사람은 아니다.

하지만 소중한 사람.

그래서 고마운 사람.

그렇게 마음이 동할 때마다

또 하나의 수를 배우는 것이다.

간단한 행복

관계라는 건 당신과 나 사이.

그 이야기에서 머물 뿐인데,

당신과의 추억이 있어 특별해진 동네카페

내가 영화 제목을 잘 못 기억해

당신이 한참 웃었던

멜로영화를 떠올릴 때마다

슬프기보단 웃음이 나는 것.

이건 너무 간단하고 행복하지 않은가.

따뜻한 건 유난스러운 것이 아니라

바로 이런 것이라 생각한다.

간단한 행복

이게 내가 너에게 주고 싶은 것이다.

거리

"잠시 손을 놓고 걸어요. 우리"

내가 말했고 그 사람은 이해하지 못했다.

잠시 손을 놓고 함께 걷고 싶었다.
손을 놓아도 고개를 돌리면 그 사람이 있다는 것
손을 뻗으면 그 사람의 손을 잡을 수 있다는 것

사랑하는 사람과 걷기에 완벽한 거리

그 든든한 마음을 서로 나누어 갖고 싶었다.

바람이 손끝을 스쳤고
바람은 차갑지 않았다.

언제나

언제나, 느꼈었지만

어딜 가든 어떤 상황이든 나는 변하지 않는다.

내가 좋아하는 것들을 찾아가고

결국엔 내가 좋아하던 것들 곁에 머문다.

잠시 등 돌린다 할지라도,

그것 역시 너에게 가기 위한 길일 것이다.

첫 눈

첫 눈이 내립니다.

하얀 눈들이 눈앞에서 춤을 추고
내 마음은 걱정 없이 흔들립니다.

첫 눈이 내리는 날 고백한다 했었지요.

그간 꾹꾹 눌러가며
어렵사리 참아온
마음들이
정신없이 흔들거립니다.

이제는 전하지 못할 고백인데
간질간질
입 안에서 맴돌며 간질입니다.

"사랑해요."

첫 눈이 오니 괜찮겠지요.

오늘만은 마음 편히

사랑해도 괜찮겠지요.

첫 눈이 내리는 날 고백한다고 했었지요.

"당신을 사랑합니다"

처음 당신께
사랑한다고 말하던 나

처음 당신께 사랑한다고 말하던 나를 기억합니다.

처음이라는 특별함 때문이었을까요.

내 심장은 태어나서 처음 뛰어보는 것처럼

어찌할 바를 모르는 것 같았습니다.

처음 당신께 사랑한다고 말하던 날을 기억합니다.

당신과 만나기로 한 그 곳에서

한 시간을 기다리면서도

완벽한 날이라고 내 입은 중얼거렸지요.

당신이 좋아한다던 한용운의 인연설.

내 입은 태어나서 처음으로 시를 외웠지요.

혹시라도 까먹으면 어떡하나
얼마나 걱정했는지 모릅니다.

눈앞에 당신을 보는데
머릿속이 백지장처럼 하얘지더군요.
너무나 떨렸지만,
수없이 연습한 탓에
입이 저절로 시를 읊었습니다.

나도 모르게 벅찼던 그 순간,
내 눈에서는 눈물이 흘렀습니다.

마치 내가 가져서는 안 될

마음을 가진 것 같았습니다.

사람이 이렇게까지 행복해도 되는 건가

겁이 났으니까요.

이 행복의 대가가 무엇이든

달게 받을 수 있다고

마음먹었습니다.

사랑한다는 말을 당신에게 할 수 있어서

참 행복했던 그 날을,

처음 당신께 사랑한다고 말하던 나를 기억합니다.

우리 사랑이 아니라 말하던 날

우리 사랑이 아니라 말하던 날

나는 이 순간을 잊을 수 없겠지

좋았던 날씨부터 너까지

시간이 흐른 뒤 잊게 된다면

내가 참 싫고 싫어질 거야

눈을 깜박이는 것만으로도

시간이란 필름 속에

우리의 영화를 찍어내듯,

그렇게 다 담고 싶어서

눈물이 차오를 때까지 바라보다

깜박, 너를 보다 깜박,

모든 게 다 멈췄으면 좋겠다고
그러면 우린 이렇게 평생 함께 있겠지
만약 숨을 천천히 쉰다면
시간이 느려지겠지.
시간이 흐른 뒤 잊게 된다면
정말 잃게 된다면

내가 참 싫고,

        싫고,

              싫어.

제3장

아픈 줄도 모르고
추억을 난도질하며

나이프 (knife)

지긋지긋하고 구질구질하다.

더 이상 이럴 필요가 없다는 생각이 들었다.

그러니 신기하게도 미련 같은 거

더 이상 존재하지 않았다.

이게 맞다고 생각하니

모든 사물의 색들이 명확하게 보이기 시작했다.

우리의 만남부터 헤어짐까지

어디서부터 어디까지가 맞는 건지.

어느 지점이 틀린 건지.

나는 예리하게 짚어냈다.

그 날카로움에 내 마음이 베이기 시작했다.

아픈 줄도 모르고 우리의 추억을 난도질 해댔다.

정신을 차리고 보니

모든 게 엉망진창이었다.

우리가 멈칫하게 될 때

나답지 않다.

어떤 사람과 함께 하면서

자꾸만 나답지 않아지곤 할 때,

우리는 멈칫하게 된다.

딜레마

원하는 일을 하기 위해

원하지 않은 일을 해야 할 때

우리는 딜레마에 빠지곤 한다.

열심히 그 길을 가기만 하면

되는 거라 생각했는데

길을 막고 있는 나뭇가지도 잘라내야 하고

돌부리도 뽑아야 하고

그렇게 다른 존재를 해쳐야하는 상황들.

정만 떨어진다는 거

누군가에게 정만 떨어지는 게 어딘가요.

구태여 미워하지 않을 수 있다면야.

안목(眼目)

아무리 귀한 것을 주어도

받는 사람이 그 가치에 무지하면

그것은 한낱 쓰레기에 불과하다.

난 너무 어렸다

난 너만 있으면 된다고 생각했는데

내 옆에 널 지키기엔

난 너무 어리고 약하다는 걸 깨달았다.

마음만으로

마음만으로 시작한 관계는

마음이 사라지면 끝이 난다.

난 너의 모든 것을 갖고 싶었고

모든 것을 주고 싶었고

내 옆에 널 놔두고 싶었고

바라만 봐도 좋았다.

모든 걸 갖고도 원했고

모든 걸 주고도 미안했고

내 옆에 널 놔주고 싶었고

바라만 보는 게 아팠다.

영원할 것 같던 마음은

영원이란 단어를 잃어버린 듯 했고

지친다는 단어를 입에 올리게 됐고

그 말을 하는 게 지겨워질 때 쯤

나는 깨달았다.

내 마음이

널 영영 잃을 준비가 되어 있다는 것을.

헤어지고 만났다가 반복된다면

처음엔 서로가 맞춰주고
어쩌면 이렇게 잘 맞을 수 있냐며 좋아하고
이 마음이 영원할 거라 믿는다.

시간이 흐르고,
서로가 편해지고 본인이 편한 대로 행동하니
처음과 달라지고
어쩌면 이렇게 다를 수가 있냐며
부딪히고 싸우고 슬퍼한다.

서로를 좋아하니까 달라지겠다 약속하고

노력하고 이제 됐다 싶을 때쯤

다시 같은 이유로 싸우고

더 큰 실망을 하고 헤어져도 보지만,

헤어지니 못 살 것 같아

다시 잘하겠다, 노력하겠다 화해한다.

그러다 또 같은 상황이 반복 되었을 때,

사랑하는 모든 연인들은

사랑하지만 진지하게 이별까지 생각한다.

그리고 선택을 하게 된다.

힘들지만 계속 만나거나

힘들지만 그만 만나거나

헤어졌다 만났다가

반복되는 모든 연인들이 그렇다.

이해하려 아무리 노력하고

달라지려 아무리 노력해도

본성은 바뀌지 않는다.

정말 사랑하면 바뀌지만,

그 사랑이 식으면 다시 본성으로 돌아온다.

이때 쯤 연인들은

서로 변했다라고 말하며 다투곤 한다.

변한 게 아니라 원래의 모습인 것이다.

상대를 바꾸려하지 말고

있는 그대로를 받아들이길.

맘에 들지 않는 그 모습도

그 사람의 일부라는 사실.

그 사람을 진정 사랑한다면

일부부터 전부까지 사랑할 줄 알아야 한다.

우리가 헤어진 이유

끝이라고 소리칠 때

너는 가장 너다웠고

잘 못 하지도 않은 일들에 대해

미안하다고 말할 때,

나는 가장 나답지 않았다.

분명 행복한 순간들이 있었지만,

그 순간들의 우리는

너답지 않았고

나답지 않았다.

그게 우리가 헤어진 이유다.

모르는 번호

모르는 번호로 전화가 걸려 왔습니다.

모르는 번호라기엔 너무나 잘 아는 번호였지요.

번호가 뜨자마자 당신이라는 걸 알았으니까요.

그토록 기다렸던 전화였지만

나는 차마 받지 못했어요.

자신이 없었어요.

당신 목소리를 듣고도 괜찮을 자신.

당신 말을 듣고도 흔들리지 않을 자신.

당신이 붙잡으면 뿌리칠 자신도

그러면서도

내가 제일 자신 없는 건,

당신을 다시 만나면서 내가 달라질 자신.

아직 당신을 많이 사랑하지만

당신을 만나면서 너무 힘들었고

당신과 헤어지던 날

너무 상처였고

우리가 헤어진 이유를 반복하지 않을 수 있을까

스스로에게 던진 질문에 대답할 자신,

없었어요.

그 수많은 생각이 스치고 나자,

너무나 잘 아는

당신의 번호를 모르겠더군요.

알고 있었다

당신을 사랑하면

상처받을 걸 알고 있었다.

하지만

멈출 수 없어 그냥 두었다.

하고 싶은 말

하고 싶은 말이 많아 전화를 걸었지만
그 순간이 지나버리고
그 말을 당신에게 하고 싶었던 이유를
잊어버리게 되고

그렇게 내가 당신에게 하고 싶은 말들은
조금씩 조금씩 잊혀져 갈 테니

인연

인연이라는 게 참 애처롭다.
이 사람과 평생을 함께 하겠노라
뜨겁게 다짐했던 떨림의 순간들.

타이밍이 맞지 않아서 놓쳐버리고
상황의 어긋남으로 놓아야 하는
순간의 스침이 영영 멀어지게 만든다.

아니다

'아니다' 이 말을 실감하는 순간이 있다.

볼트가 맞지 않아

전구에 불이 들어오지 않는 것처럼.

내 생각과 달리

내 마음에 불이 들어오지 않는 순간.

그런 순간이 있다.

'아니구나'하고 돌아설 수 있으면 다행인데

'아니라기에' 돌아서야 하는 순간.

아니라는 걸 알기에

아무 것도 할 수 없었고

붙잡고 싶었지만

입조차도 뗄 수 없었다.

겨우 발걸음을 떼고

마음 한구석을 떼어내고

아픔에 사무치며 '아니다'를 되새긴다.

제4장

사랑은 우리가 했는데
이별은 나 혼자 하네

끝

나는

당신을 끝낼 수 없다.

네가 없다

아무것도 믿어지지 않는다.

나의 유일한 진실이었던 네가 떠나고

내가 아는 모든 것들이

거짓이 되었다.

여기까지

어디서부터일까

당신은 나에게 '여기까지'라고 말했다.

그럼 여기까지인 것은 알겠는데

대체 어디서부터 당신이 스며든 것일까.

밤새 온 마음을 뒤집어 헤집어 보아도

끝이 없다.

어쩌면,

영원히 당신을 가슴에 스민 채

살아야 할지도 모르겠다는 생각이 들자

도저히 자신이 없다.

도무지 당신을 '여기까지' 할 자신이 없다.

네가 떠나고

네가 떠나고
난 한 발자국도 뗄 수가 없다.

행여 네가 돌아오는 길이 멀어
네 두 다리가 힘들고 지칠까

행여 네가 돌아오는 길에 엇갈릴까
난 너의 뒤를 쫓을 수도 없다.

나는 한 발자국도 움직일 수가 없다.

나침반

나에게 유일했던 나침반.

나침반을 잃어버렸습니다.

어린아이처럼 주저앉아
한참을 엉엉 울다 주위를 둘러보니
분명 내가 아는 길인데
이제는 모르고 모르겠습니다.

아름답게 느껴졌던 모든 것들이
두렵고 무섭습니다.
길을 잃고 헤메이고 헤메이다 울먹입니다.

당신을 잃어버렸습니다.

잔상

얼마나 머물렀을까.

네가 떠난 잔상이 내 눈 앞에 머문다.

돌아서야 한다는 생각이 드는 순간,

내 다리가 주저앉는다.

나에게 전부였던 네가 없다는 생각이 들자,

세상이 무너져 내린다.

나에게 너는 세상이었다.

이별의 무너짐

너를 두고 뒤돌아서자

나의 뒤가 무너져 내리는 듯 했다.

이별의 무너짐은

걸어가는 나의 발걸음을 쫓아

내 집 앞까지 따라왔다.

그 이후로도,

나의 발걸음이 닿는 곳곳마다

너와 함께한 추억들과 마주할 때마다

나는

하릴 없이 무너지고 또 무너졌다.

이별의 무너짐은

내 전부였던 너라는 세상을 멸망시키려 애썼고

난 그 세상을 지키기 위해

내가 가진 모든 걸 무너뜨리며 안간힘 썼다.

나는 사랑한다고 말했다

네가 날 바라볼 때 나도 널 바라보았지

네가 웃었을 때 나도 웃었지

네가 행복할 때 나도 행복했지

네가 힘들 때 내가 대신 힘들고 싶었고

네가 헤어지자고 했을 때

나는 사랑한다고 말했다.

내 손을 놓은 건 네 손이었다

너에게 했던 모든 말들이

거짓말이 되지 않기를 바랐다.

너의 새끼손가락에 걸었던 약속에

내 온 마음을 걸었고

모든 것을 걸어서라도 지키고 싶었다.

내 영혼을 팔아서라도 영원하고 싶었다.

너의 행복을 위해서라면 목숨도 바칠 수 있었다.

네 손을 꼭 잡고서라면 가시밭길이라도 행복했다.

네가 지구의 반대편에 선대도

나는 악착같이 네 편에 머무르고 싶었다.

네 손을 절대 놓지 않을 자신이 있었다.

내 손을 놓은 건 네 손이었다.

꿈에라도

잠자리가 바뀌어서인지 잠을 많이 설쳤고,

꿈에는 네가 나와

울면서 깨어났다.

그렇게 한참을 울다가 깨달았다.

꿈에라도 한 번,

보고 싶던 너라서

너무 행복해서 우는구나.

실연(失戀)

눈을 뜨면 네가 없단 사실에

심장이 조여든다.

차라리 영원히 잠들고 싶다.

내가 널 잊을 수 있을까

매일 아침 눈을 뜨면

핸드폰을 확인해

너의 흔적을 찾는다.

마음을 추스르고 양치를 하는데

나도 모르게 울음이 터져 나왔다.

정말 내가 널 잊을 수 있을까

두 다리 쭉 뻗고 누워

하염없이 울고만 있다.

그대가 떠나고 잘 살고 있는데

자꾸만 잘 못 살고 있는 것 같다.

이대론 도저히 못 살 것 같다는 생각에

서글퍼 하염없이

그대 이름만을 울부짖는다.

아직

얼마나 시간이 흘렀을까.

아무 것도 달라지지 않았다.

당신이 보고 싶은 걸 보니

아직 살아는 있구나.

추억 속에 살다

잃어버린 시간들

찾아보려 애를 써도

돌아오지 않을 시간들이

추억 속에 남아

난 추억 속에 헤맨다.

추억까지 잃어버릴까봐

잊어버릴까봐

널 영영 잃어버릴까봐

과거에 산다는 게

시간을 갉아먹는 일이라는 걸

알면서도

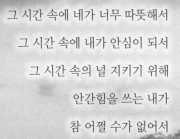

그 시간 속에 네가 너무 따뜻해서

그 시간 속에 내가 안심이 되서

그 시간 속의 널 지키기 위해

안간힘을 쓰는 내가

참 어쩔 수가 없어서

난 추억 속에 헤맨다.

겨울 기억

기억이 차네요.

날 얼어붙게 만들죠.

가슴이 시리게

횡단보도 앞에 서서

횡단보도 앞에 서서 신호등을 기다리는데
별안간 눈물이 났다.

이 순간을 기다렸다는 듯 그렇게 한참을 울었다.

그래, 네가 보고 싶었다.

문득

문득 떠오르는 너와의 추억에
시간이 멈춰버린다.
눈앞이 아득해진다.

문득 문득 이럴 때마다
어떻게 해야 할지 모르겠다.

앞으로 얼마나 더 이럴지
언제까지 이럴지 생각하면
도저히 자신이 없다.

계속 이럴 거라면
차라리 너를 다시 찾아가
울고불고 매달리는 게 나을 것 같다.

눈물

심장이 조여드는데,

눈물은 너무나 태연히 흘렀다.

당신 마음

알면서도 모른 척 눈 돌렸던 나날들.

내 마음의 책임을 지기 위해
당신 마음에 무책임했던 시간들.

이제와 그 마음의 책임을 지려하니
당신은 마음이 없다고 합니다.

당신의 마음은 어디로 간 것일까요.
어디로 가버린 걸까요.
착하고 예쁜 마음이었는데

돌아오는 길을 잃고
헤매는 것이 아닐까하는 미안함에

내 마음은 갈 곳을 잃은 종이배처럼

정처 없이 떠다니며 헤매고 있습니다.

어디서 울고 있는 건 아닐까하는 서러움에

내 마음은 울고 있습니다.

나만큼

나만큼 보고 싶지 않다고

나만큼 좋아하지 않다고

그래서 내가 너무 힘들다고 했다.

여기서 끝이라고 했는데,

헤어지고 나니 온 세상이 끝나버린 것 같다.

나만큼 보고 싶지 않다고 해도

나만큼 좋아하지 않다고 해도

나만큼 사랑하지 않는다 해도

괜찮다.

괜찮은 척이라도 해야 했다.

이렇게 힘든 줄 알았으면

괜찮다고 그냥 다 괜찮다고 할 걸 그랬다.

이기적인 사람

사람이 참 이기적인 게

사랑할 땐
그 사람이 나만큼 사랑하지 않는 것 같아서
힘들다고, 헤어지자고 해놓고

헤어지니 더 힘들어서
내가 더 사랑해도 괜찮다고
되돌리고 싶다고 하는 게
참 이기적입니다.

그렇게 힘들었던 기억들은 전부 어디로 가고
좋았던 기억만 떠올라
그 사람을 그리워하는 것까지
참 이기적입니다.

그 사람도 이런 건지

아니면 나만 이렇게 이기적으로

이제와 힘들어하는 건지

지금도 보고 싶어서 당장이라도 달려가고 싶은 게

맞네요,

내가 참 이기적인 사람이네요.

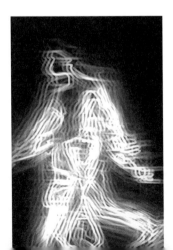

잘 지내요?

"잘 지내요?"

나는 조금 바쁘게 지내요.

당신 생각이 날까봐

이것저것 열심히 하다 보니 일이 많아졌네요.

덕분에 괜찮아졌다고 생각했는데

잠시 일을 멈추고 한숨 돌리려는 순간,

당신 생각이 쏟아져요.

숨이 멎을 듯 그리움이 밀려와 죽을 것 같아요.

당신은 어때요.

"잘 지내요?"

내가 이렇게 힘든데 당신도 이렇게 힘들지 않을까

걱정스런 가슴이 미어져요.

"나 없이 정말 괜찮아요?"

못 돼

사랑은 이토록 쉽게 변하는데
사람은 이리도 변하지 않는다.

사랑이란 놈은 변덕스럽게 떠났고
당신을 사랑하는 나만
그대로 홀로 남아있다.

사랑은 그렇게 쉽게 변했는데
사람은 그리도 쉽게 변하지 않는다.

나라는 사람은

너만을 사랑하는 사람이라

다른 사랑을 못 해

다른 사람이 못 돼

못 해

우리가 아닌 내가
행복하다는 게
이해를 못 해
머리는 하는데
마음이 못 해

끝이란 걸 아는데

내가 사랑을 하면
네가 아플까봐 하는 게
그런 널 생각하면
내 마음이 아파하는 게

난 아직도 너와

헤어지는 중인가 봐

내가 다른 사랑을 하는 게

네가 아프지 않을 때

좋은 사랑을 할게

네가 아프지 않게

지금은,

못 해

마침표

이제 그만 받아들여야 하겠지요
우리가 끝이 났음을
나만 인정하면 되는 것이지요.

사랑은 우리가 했는데
이별은 나만이 하는 것 같습니다.
이 시도 끝이 났는데
더 쓸 말도 쓰여질 말도 없는데
알면서도 차마 펜을 놓지 못합니다.

마침표를 찍어야 하는데

차마 찍지 못하겠습니다

이 별

차라리 이 지구가 멸망했으면 좋겠습니다.

이 별이 이렇게 불행한 것이라면

처음엔 마음이 무너지고 무너지더니

이제는 머리부터 발끝까지

이렇게 가루가 되어버리듯

무너지는 일이라면

이별이 절망 속에 살듯이

멸망해버리는 일이라면

차라리 이 별이 멸망해버렸으면 좋겠습니다.

제5장

이별에 살다

나는 알 수 없었다

안녕이란 말도 없이 우리는 헤어졌다.

이게 이별인지 나는 알 수 없었다.

헤어지는 중인건지

다시 만나려는 중인건지

나는 알 수 없었다.

내가 너를 사랑한다는 사실밖에

나는 알 수 없었다.

당신은 모르겠지요.

당신은 모르겠지요.

내가 당신께 주려 했던 게 무엇이었는지요.

가늠조차 못하겠지요.

내가 당신께 걸려 했던 게 무엇이었는지요.

내 이름 세 글자,

내가 태어나서부터 앞으로 살아갈 인생,

보다 더한 마음.

그건 마음이었어요.

마음의 온도

당신과 헤어진 뒤,

매 분마다 당신 생각에 뜨거운 눈물이 났습니다.

도저히 컨트롤이 안 되서

무작정 아파할 수밖에 없던 마음이었는데,

그 간격이 매분에서 매시로

매일로, 매주, 매달,

이제는 문득 떠오르는 당신 생각에서

온기가 느껴지지 않더군요.

식어가는 마음의 온기가 서글펐습니다.

정말 뜨거웠던 마음이었는데,

이렇게 식어간다는 사실이 애처로워

당신의 온기를 느낄 수 있을 때,

마음껏 그리워해야겠다는 생각이 들었습니다.

함께 갔던 곳을 가보고
함께 듣던 음악을 듣는데
마음이 순간 뜨거워지더군요.

그런 생각이 들었습니다.
애초에 당신을 사랑할 때,
이렇게 마음을 조절했더라면

내 마음의 온도를
당신에게 맞춰갔더라면

당신이 옆에 있을 때 했어야 할 노력을
나는 당신이 떠난 뒤에야 하고 있습니다.

청문회

그 때 그 말을 하지 않았다면

우리는 달라졌을까요.

그때 그 행동을 참았다면

우리는 달라졌을까요.

그때 내가 달랐다면

우리는 이별하지 않았을까요.

과거를 가정하는 수많은 가정법들로

나 스스로를 청문합니다.

만약은 없다는 걸 알면서도

나는 이 청문회에 죄인처럼 앉아있습니다.

수많은 질문들에

단 한 번의 대답도 하지 못했습니다.

얼마나 더 묻고 물어야 할까요.

있지도 않았고

있을 수도 없는 일들에 대한 대답을

나 또한 간절히 바라고 있습니다.

너무 진심

통하지 않는 진심도 있다고
이 사실을 받아들이기엔
내가 너무 진심이었다.

너무 진심은 통하지 않을 수도 있다.

너무 진심이라 슬플 수 있다.

사랑만이 정답은 아니었다

사랑만이 정답은 아니었다.
정답일지도 모른다고 네가 말했던
무수한 경우의 수들.

그 안에 사랑은 없었고
내가 줄 수 있는 건 사랑밖에 없었다.

나는 물었다. 사랑은 어디 있느냐고
사랑은 정답일 수 없다고 했다.
나는 다시 물었다.
그럼 사랑은 무어냐고

사랑은
그냥 사랑이라고

그냥.

사랑은 그냥이었다.

내가 줄 수 있는 건 그냥 사랑이었다.

그냥… 그 뿐이었다.

우리는

진심이 고작 마음일 뿐이라고
마음은 그저 마음일 뿐이라고

나에겐 전부였어요, 그 마음이
그래서 슬픈 거겠죠, 우리는

내가 줄 수 있는 전부가
당신에겐 고작이라서

최고의 실수

이렇게까지 널 사랑하게 된 건 실수였다.

그렇게 진지할 필요는 없었는데

이렇게까지 널 사랑하게 돼버린 건,

적어도 너에게 이 사랑을 말할 필요는 없었는데

자꾸만 적나라한 진실을 원했던 너에게

나의 진심은 거짓을 말할 수 없었다.

이렇게 또 너 때문이라고 말하기엔

널 사랑하게 된 모든 과정들이

너무 타당성 짙게도 진심이다.

진심을 말한 대가로

거침없이 다가오는 너에게

진심을 말해놓고도 자꾸만 망설였던 건

겁이 나서,
돌아오지 못할 길을 가는 내가
자꾸 뒤돌아보며
돌아올 길을 바라보는 내가
겁이 나서였다.

나의 마음은 너와 가까워지길 바라면서도
나의 발은 한 걸음도 떼지 못했다.
너에게 가까이오라 손짓할 뿐.

내가 정말 미안한 건
너에게 다가가지 못했던 것이 아니라,
뒤돌아보았던 것이다.

나에게 다가오던 너의 눈을 맞추던 내가

잠시 고개를 돌렸던,

내가 겁이나 뒤를 돌아보았던 그 순간.

그 찰나의 순간에

너는 얼마나 겁이 났을까.

여기가 어딘지도 몰랐을 텐데

오로지 내 눈만을 보고 믿고

망설임이란 단어는 생각할 겨를도 없었을 텐데

가장 중요했던 그 사실을

너무 늦게 깨달았다.

사랑한다.

사랑한다.

사랑한다. 너무

너를 사랑하지만

이렇게 아픈 너를

이렇게까지 사랑하게 된 건 실수였다.

평생 후회하지 않을

내 인생에서 가장 잘 한 실수.

당연한 아픔

내가 사랑이라 믿었던 기억들.
그 믿음에 대가는 내 몫이라는 걸,
애초에 분명 알았음에도 불구하고
나는 새삼스레 마음이 아프다.

처음부터 정해져 있던 일인 것처럼
자연스레 그대가 떠나고,
나는 너무나 당연하게 눈물을 흘린다.

너무 당연해서
너무 잔인한 눈물은
멈추지 않고 심장을 지나 발끝까지 흐른다.

잔인하게도

당연한 지금을 전혀 몰랐던 것처럼

마음은 너무 아프다.

모르겠어요

모르겠어요.

내 마음이 어떤 건지 알아보려 해도

마치 남의 마음을 들여다보듯

아무 것도 보이지 않아요.

알려 할수록 아프기만 해요.

입술이 괜찮다고 말하지만

사실 모르겠어요.

괜찮다는 마음이 무엇인지도

괜찮지 않다는 말은

처음부터 존재하지도 않았던 것처럼

난 모르겠어요.

이 마음이 뭔지도

내 눈에선 눈물이 흐르지만

그 까닭을 모르겠어요.

입버릇처럼 내뱉는 '괜찮다'는 말도

모르겠어요.

내가 괜찮은 건지.

괜찮은 마음이 어떤 건지도

모르겠어요. 나.

긍휼한 마음

생각을 정리하다 끝에

끝에 끝에….

한숨을 크게 들이쉬고 돌아서자

정리 된 줄 알았던 생각이, 마음이

다시금 스멀스멀 피어올라

감정이 나를 붙잡고

긍휼한 마음이 드니

아, 어찌할 수 없는 마음이구나.

나란 사람은 마음에게 어찌할 수가 없구나.

가끔

가끔
나도 모르게
눈물이 툭 떨어진다.

처음엔 왜 눈물이 나는지 모르겠더니
이제는 눈물이 나면

아,
네 생각이 났구나
알아챈다.

잠 못드는 밤

잠이 들지 않는 밤.

이불 대신
많은 생각들과 피곤함에 파묻혀
춥지는 않은 밤.

궁금하다. 네가.
잊을만하면 반짝이네.

고장 난 전등처럼
거슬리고 꺼지지도 않아.

그런데 날 따뜻하게 해줘.

그 빛이 여전하게 해.

위로받기 싫은데

진짜 나 싫은데

날 따뜻하게 비추는 사람이라는 생각이

내가 잠들지 못하게

자꾸 내 바짓가랑이를 붙잡고 늘어진다.

잘 알지도 못하면서 왜 날 위로해.

날 그렇게 감싸 안지 마.

날 아는 척 하지 마.

자꾸 기대하게

기대게 되잖아.

좋은 꿈

좋은 꿈 꾸고 있길

그 꿈에 나는 없겠지만

11월 27일

오늘은 11월 27일. 금요일. 맑음.

당신과 헤어진지 17일째.
괜찮아졌다고 생각했는데,
텅 빈 집 안에 있으면 당신 생각으로 가득차서
밖으로 나오니
고개를 돌리는 곳곳마다 당신이 보여요
눈을 감아도 당신이 보여요.

오늘은 11월 27일.
바람은 차갑지만 햇살이 따뜻하네요.
오늘따라 거리의 사람들도 참 행복해 보여요.
웃고 있는 연인들만 봐도 가슴이 아려요.

오늘만을 기다렸었죠.
많은 걸 준비했었는데 아무 것도 할 수가 없는

오늘.
눈물이 나지만 행복하네요.
당신이 더 행복하기를.

태어나 줘서 고마워요.

너에게 어울리는 사람

넌 정말 좋은 사람 만나야 돼.

널 많이 사랑하고 아껴줄 수 있는 사람.

네 표정 하나하나에 눈을 떼지 못하는 사람.

네 기침소리 한 번에 어쩌지 못해 쩔쩔매는 사람.

널 웃게 만드는 행복으로 사는 사람.

너의 눈동자를 사랑하는 사람.

너의 말투를 사랑하는 사람.

너의 숨소리를 사랑하는 사람.

나에게서 너에게로

그럴지도 모른다.

하지만, 그렇지 않을지도 모른다.

함께하며 행복했던

그 수많은 시간들

그 수많은 불행 속에서 난

너에게서 나에게로

행복을 훔쳤다.

너의 시간 속에,

나의 시간 속에

우리의 시간 속에

행복이란 이름은

그만한 가치가 있는 이름이었나?

너의 시간은,

나의 시간은

우리의 시간은

그만한 가치가 있는 시간들이었나?

우리가 부르던 행복은

그 부름에 한번이라도

답한 적이 있었나.

우리의 시간 속에

행복이 진정 있긴 했었다.

우리의 시간이 무너진다.

우리의 행복이 부서진다.

내 안의 믿음이 쓸려간다.

우리가 쌓아온 행복이었던

모래성이 무너져가고,

파도에 모래성이 부서지고,

모래성이 쓸려가도

모래의 흔적은 남아 있다.

그 자리에

다시,

"나에게서 너에게로"

마지막 씬

당신이 이제 나를 사랑하지 않는다고 해서
우리의 관계가 끝났다고 해서
내가 슬퍼하는 것은 아니다.

이제 더 이상 당신을 사랑할 수 없게 되었다는
사실에 깊은 슬픔을 느끼는 것이다.

지금까지 당신을 진심으로 사랑해왔기에
그 슬픔은 더욱 깊다.

원래 마지막 씬은 슬픈 법이다.

안녕

안녕, 1분과 함께 어제가 지나갔다.
12시가 지난 지금.

1분 전의 어제는 나에게 그랬다.
행복이라는 단어를
마구마구 퍼부어도 모자른 날.
그렇게 내 마음을 마구마구 퍼주고도
더 주지 못해 하루가 모자랐던 날.

1년 동안 혼자 품어온 사랑이라는 마음을
오늘은 꼭 전하고자 했던 날.

내 마음을 듣고도 이해하지 못했던 상대가
나에게 '어떤 마음'인지 물었을 때,

평생을 이해하지 못할 걸 알면서도
설명하고 표현하려 노력해보았지만,

그 '어떤 단어'로도
그 마음을 담아내기에 부족했던
그럼에도 불구하고 웃음지었던 그런 날.

평소에 아껴뒀던 말들과
혹시 모를 나중을 위해 아껴뒀던 선물과 표현들.

나중을 기약할 수 없겠다는 마음이 들었고
그 마음이 다음은 없다라는 확신으로 변했을 때,

나는 슬프다는 사실을 인정하며 웃었고
아낌없이 아껴두었던 모든 걸 주었다.

괜찮아라는 말과 잘가라는 거짓말.

"안녕"

평소와 똑같던 인사는
평소와 다르게 진심이었다.

나는 진심을 처음으로 전했고
'다시는 이 사람을 볼 수 없겠지'라고 생각했지만,

마지막이란 단어가 아쉽지 않은
'후회없다'란 단어가 아깝지 않은

그런 날이었다.

진심으로

안녕,

1분이 지나고 어제는 끝났다.

"안녕"

"안녕"